W0365878

CLASSE DES POMPIERS

Une histoire d'Annabelle Fati,
illustrée par Thierry Manes

MiLAN

Règle numéro un de la classe des pompiers : être prêt en toute situation ! Et, pour cela, passer aux toilettes avant de partir en mission.

Éliot **se presse**, mais il a
deux camarades devant lui.

C'est presque le tour d'Éliot.

Mais, déjà, la maîtresse,
la capitaine Adèle, sonne le départ.
Pin pon!

Toute la classe chante :

– Au feu, les CP, y a la maison qui brûle ! Qui va la sauver ? C'est la classe des pompiers !

Éliot, lui, **gigote**.

– Capitaine ? C'est pour une urgence...

– En plein départ, ce n'est pas
le moment ! Vas-y, mais rappelle-toi :
en CP, il faut prévoir assez de temps
pour passer aux W-C.

Pin pon ! Laissez passer les CP !
Un chiot risque de se noyer !

Mérédith a un peu envie de faire pipi, mais les toilettes du camion ferment mal.

Alors, Mérédith se retient.

– Sortez la corde et la bouée !

Avec toute cette eau, Mérédith
a encore plus envie de faire pipi…

Les petits pompiers **s'activent**,
mais Mérédith s'agite.

– Capitaine ? C'est pour une urgence...

– En pleine mission, ce n'est pas le moment ! Vas-y, mais rappelle-toi : si la porte ne ferme pas, une copine peut la tenir pour toi.

Enfin, mission accomplie !
Le chiot est sauvé !

Les petits pompiers peuvent rentrer.

Toutes ces émotions ont donné
à Camille l'envie de faire pipi.
Pourtant, de retour à la caserne,
il préfère d'abord montrer
sa carte Monstrofeu à Gaby.

Pin pon ! Laissez passer les CP !
La maîtresse veut maintenant
les féliciter !

Alors Camille se tortille.

– Capitaine ? C'est pour une urgence...

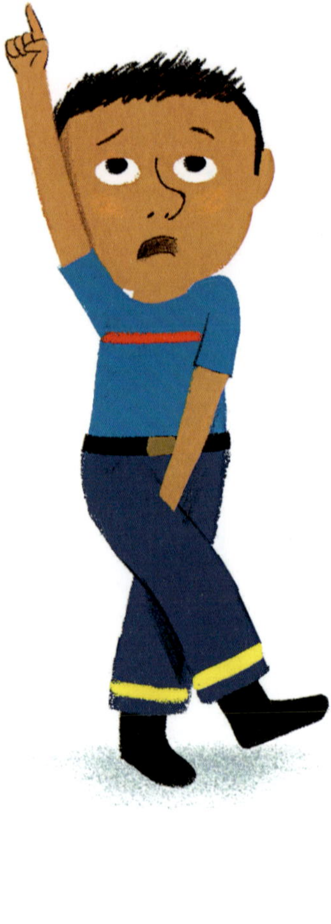

– En plein rassemblement, ce n'est pas le moment ! Vas-y, mais rappelle-toi : même si tu veux parler à un copain, passe d'abord au petit coin.
Et n'oublie pas de te laver les mains.

Devant les CP rassemblés,
la capitaine Adèle rappelle :

– Pour être prêt en toute situation, passer aux toilettes avant chaque mission ! Puis attendre la récré pour y retourner. Mais si vous oubliez... n'hésitez pas à demander !

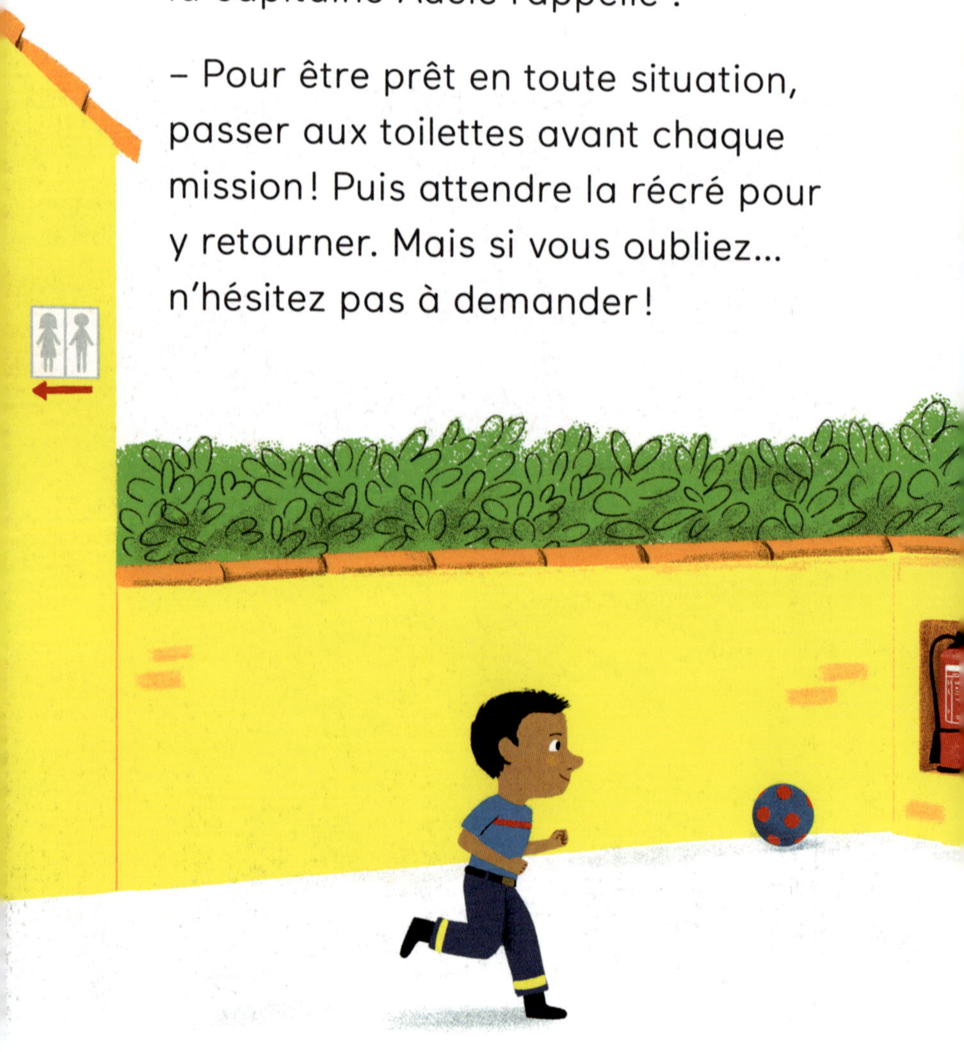

7

– À propos, la cloche n'a pas sonné ?
Alors… on va en récré un peu en avance.
J'ai une urgence !

Ce qui change en CP

En maternelle, l’atsem et le maître
ou la maîtresse accompagnaient
toute la classe aux toilettes
à des moments prévus pour ça.
**En CP, tu dois penser toi-même
à y aller au bon moment.**

POURQUOI JE NE PEUX PAS ALLER AUX TOILETTES QUAND JE VEUX ?

Pendant les cours, l'enseignant ne peut pas te laisser te déplacer seul(e) dans les couloirs, mais il ne peut pas non plus t'accompagner, parce que tous les autres élèves resteraient sans surveillance ! **C'est pour ça qu'il faut y aller pendant la récré.**

MAIS SI CE N'EST PAS POSSIBLE ?

Parfois, les toilettes ne ferment pas, ou tu as peur de ne pas réussir à sortir si tu les fermes à clé : demande à quelqu'un de te tenir la porte. Parfois, aussi, les toilettes sont sales, ou il n'y a pas de papier. Ou bien des enfants y chahutent. Dans toutes ces situations très désagréables pour toi, **va en parler à un adulte** pour qu'il t'aide à régler le problème.

ET SI J'AI QUAND MÊME TRÈS ENVIE EN CLASSE ?

Le mieux, c'est d'aller aux toilettes à la récré, même si tu n'en as pas encore trop envie. Ça t'évitera d'avoir très envie tout à coup pendant la classe. Mais, un oubli, ça peut arriver. Et, si tu te retiens trop, tu risques de te rendre malade. Alors **n'hésite jamais à demander à ton maître ou à ta maîtresse quand tu as très envie d'aller aux toilettes**, même si ce n'est pas le moment.

**Les pages 21 à 23 sont réalisées
en collaboration avec Catherine Gueguen.**

**L'éditeur remercie Agnès Cathala
pour sa participation à la création de cette collection.**

© Éditions Milan, 2021
1, rond-point du Général-Eisenhower
31101 Toulouse Cedex 9, France
editionsmilan.com

Droits de traduction et de reproduction réservés pour tous les pays.
Toute reproduction, même partielle, de cet ouvrage est interdite.
Une copie ou reproduction par quelque procédé que ce soit, photographie, microfilm, bande magnétique, disque ou autre, constitue une contrefaçon passible des peines prévues par la loi du 11 mars 1957 sur la protection du droit d'auteur.
Loi 49.956 du 16 juillet 1949 sur les publications destinées à la jeunesse.

Dépôt légal : juin 2021
ISBN : 978-2-4080-1890-0
Achevé d'imprimer au 2e trimestre 2021 en Roumanie par Rotolito

Plus d'informations sur la fabrication de nos livres :
editionsmilan.com/comment-fabriquons-nous-nos-livres

**Tu vides tes étagères
et connais déjà ce livre par cœur ?
Donne-le !**

Certifié PEFC
Ce produit est issu de forêt gérées durablement et de sources contrôlées
www.pefc.it
PEFC
PEFC/18-31-103